Juan y Juanita

Juan y Juanita subieron la colina

por un cubo de agua cristalina.

Juan de repente se cayó

y la cabeza se lastimó.

Y Juanita también se resbaló.

adaptado por Brooke Harris

ilustrado por Jessica Wolk-Stanley

El árbol está en la colina.

El pozo está en la colina.

El pájaro está en la colina.

El conejo está en la colina.

El cubo está en la colina.

El niño está en la colina.

La niña está en la colina.

¡Ay, ay, ay!